争渡，争渡

林彩菊 著

作家出版社

　　林彩菊，八零后，农民，甘肃临潭人。爱好写作，系中华诗词学会会员、甘肃省诗词学会会员，甘肃楹联学会会员，甘南州诗词楹联学会副会长，洮州诗词楹联学会秘书长、编辑。诗文散见《中华诗词》《中华辞赋》《甘南日报》《甘肃诗词》等报刊杂志及网络平台。

目 录

一 物情诗意

三 物华诗颂

四 景韵诗行

五　鸿影诗怀

六　节序诗思

七　田园诗味

附 高山流水作诗铭

序

　　这些年来，"诗意的栖居"频现于人们的口头笔下，"诗与远方"也一度成为网络热词。在诗作者几乎多于读者的今天，不知熙攘尘世，到底有几人真做此想呢？虽然这并不是要人人都提笔赋诗填词，但以之标榜、以为谈资的人和事，我们确实已见惯不怪了。不过，这也无妨，它到底说明诗意如神，已深居人心。不论在我们身边还是远方，总有一些拒绝娱乐至死的人，总有一些真正对之心怀敬意、且行且吟而不假他求的人。诗意诗魂，隐如潜流，显如光影，总在与我们结伴而行。生活需要诗，我们的生活中，总有一些诗意的歌者。他们未必都在庙堂之上，学府之中。街头巷尾、田间地头，也时有他们的身影，这是一点都不奇怪的。明末清初诗人钱谦益说："诗之道，有不学而能者，有学而不能者；有可学而能者，有可学而不能者；有愈学而愈能者，有愈学而愈不能者。"（《梅村先生诗集序》）我不知道本书作者林彩菊属于哪一种。她自己说，她就是一位村妇，于她而言，读诗作诗仅仅是个爱好，既无师从，也未有过系统、深入研习，也没有谁强迫她作诗，她只是自然而然以诗这种方式表达平时心中感受罢了。说到底，就是出于喜欢，仅此而已，所谓好而乐之是也。诗未必特别眷顾她，但她对诗的喜欢却是发自内心、持之以恒的，并不因风气而冷热。因为爱好，以之为乐，凡有所作，不过是有感于心中，诉诸笔端罢了。记得好几年前，本人在甘肃省诗词学会做《甘肃诗词》杂志编辑时，有一天，临潭网友转来几首网上的诗词，问怎么看。大概看了下，显然都是初习诗词的爱好者，但却不乏感情率真、颇具性情的吟咏。印象较深的是，其中有位网名为"梦在天涯"的女作者的诗中，让人明显感到有股郁怒不平之气。问网友，作者都是哪里的，认识不认识。网友说临潭的，不认识。此后，个人有感于各地诗会诗协的兴起，遂萌生倡建临潭诗会的想法，于是便有意联系到了这几位作者，始知那位女作者名叫林彩菊，临潭县石门乡大河桥村人。自那以后，便与她加了网友，多了些交流。后来，临潭县洮州诗词楹联学会建立，她便是最初的会员之一。在诗会里，她还是位乐于为大家服务的人。虽然在农村，孩子又小，但却参加了诗会成立以来几乎所有的活动。诗会编公众号，她也是承担任务最多的编辑，而且不计报酬。会员们对她也颇为信任，愿意与她联系，其乐融融。她爸曾是村里干部，还是村戏班戏骨，她耳濡目染，也能唱不少秦腔段子。也许是受戏中古代忠臣良将故事的熏陶，虽为女性，她的性格中颇有几分侠义爽直之气。从她言谈中得知，她爷爷是位正直厚道的乡村教师，她的文化知识和为人处世也颇得益于她爷爷的影响。这样的经历和家传，也就不难理解她的诗作中隐然时现雅质刚朴之风。南宋严羽有言："诗有别材，非关书也；诗有别趣，非关理也。"（《沧浪诗话·诗辩》）此言在她身上也能得到一些印证。她初中毕业，时运不济，回到农村家里帮父母干活。再后来，结婚生子，日子如流水一样，过着与绝大多数农村人一样的生活。这中间，虽然自己还通过进修拿到了大专文凭，但这到底与正式在大学里系统严格的学习不同。然而这并没有泯灭她心中的梦。相反，还激励着她，时时以诗抒情，以诗慰怀。诗集所附甘肃省文艺评论家协会知否先生《一弯新月柳梢悬——简论洮州林彩菊的格律诗创作》一文，对此剖析颇详，洵为解人灼见，不劳这里赘述。作为一个农村女青年，家务、农事之余，还能濡笔吟味，诉所感于诗——律绝古风等中国古体诗，并频频见之于地方融媒体和《中华诗词》《中华辞赋》《甘肃诗词》《格桑花》以及中国作家网等地方和全国性刊物、网络平台，实属不易，也颇令周围的人感到惊异和由衷地赞叹！这里，引用兰州大学文学院退休教师、甘肃省诗词学会副会长王传明先生赠她的一首诗作为证明：

赞临潭县农民女诗人林彩菊

王传明

山村饶雅趣，未必在遐方。

林樾千重美，篱花五彩香。

秋高收画意，春暖播诗行。

咏絮多英杰，况生偏远乡！

篱花即菊，嵌名已别具一格。王传明会长是诗家作手，信手写来，妙语天然，赞人赞诗，胜我实多。从林彩菊的这本诗集中还可以看出，她的诗作题材是比较广泛的，反映出她的观察和感受并不仅仅局限于自我的小天地，而是涉及我们生活中的许多事物。像林彩菊这样的古诗歌写作爱好者，在临潭自然不在少数，但像她这样于农作家务之余，还能执着于此，并颇多可圈可点之处的，却不多见。这恐怕也与临潭这方山水的民风习气有关吧。历史上，临潭就有良好的诗教传统，至少自清代起，就出现不少当地士子的诗集，并有流传于今的。而林彩菊就是今天临潭众多诗词写作爱好者中的一个突出代表。近年，中国作协授予临潭县"中国文学之乡"称号、中华诗词学会授予临潭县"中华诗词之乡"称号，既是临潭诗人的荣耀，也是临潭文学的写照。而中国作协倾力扶持临潭本土作家，像林彩菊一样的许多当地文学爱好者、写作者大获裨益，不断进步，并取得有目共睹的成绩，自是情理中的事了。

是为序。

张俊立
2024年6月于兰州

一

物情诗意

梯 子

院中随处抛，孤寂靠墙牢。
莫道嶙峋骨，却帮人步高。

风 筝

彩翼翩翩竹纸连，乘风顺势半空旋。
仅凭一线定生死，操控孩童股掌前。

琴

七条丝上得趣深，流水松风吟寸心。
自古曲高人和寡，茫茫几个是知音。

咏石塔

风姿凛凛立峰巅，独守清幽避世喧。
不慕清名沽世誉，但寻恬淡享悠闲。

湖中枯树

潋滟平湖暮霜横，一枝出水向天撑。
繁华落尽神尤健，树老弥坚肯尚铮。

藏羚羊

撑开一角地天间，风递清香万里还。
最是风流藏不住，轻蹄踏破万重山。

喜　鹊

梳翎刷羽在高荫，映叶穿枝意已深。
一点通灵先报喜，雕檐花影作歌吟。

洮州会议纪念馆六题

石　狮

小城胜景眼前陈，祥和繁荣面貌新。
烽火当年驱匪寇，石狮不忘旧时人。

马　鞍

驰骋沙场踏塞烟，斩关夺隘自当先。
平除敌寇乾坤朗，卸甲依然思祖鞭。

石门口烈士纪念碑

滚烫碧血洒洮畔，何惧为民献此身。
五位青春依旧在，化成碑石励后人。

煤油灯

一盏油灯立大功，光明炯炯雪渐融。
休言星火微如豆，却在人民心里红。

军　号

颈系丝绸色红颜，金光闪烁势恢弘。
平时从不轻言语，一喊千军万马腾。

为四方面军送粮农夫

队伍停留集镇中，村夫挽袖面从容。
聊将献上粮千担，证我农家亦情浓。

咏洮砚

历经沧海桑田事，出土仍存天地痕。
洗月磨云方寸案，比邻松竹守清魂。

老坑石

深谷幽居兰结邻，餐霜饮露远红尘。
方圆有度润如玉，引得文人咏素真。

石　磨

圆盘皱起万重波，五谷杂粮皆可磨。
碾碎艰难忧绪少，欣将岁月唱成歌。

咏　雪

风姿绰约下瑶台，巧裁梨花遍地开。
冷巷幽幽人迹少，梅香淡淡过墙来。

雪（一）

清姿素韵御风来，六角翩翩着意开。
更喜冰花身皎洁，除污荡垢展奇才。

明 月

一轮弦月挂苍穹，不见星光点缀中。
碧色银辉明似镜，嫦娥依旧坐寒宫。

雪（二）

梨花漫舞让人痴，万朵琼英寄所思。
无语北风多缱绻，素笺雅韵赋成诗。

茶

嫩叶繁枝占一丘，清新雅意入名楼。
泠泠碧水壶中煮，滚滚红尘盏里收。

温　泉

冰冻泉温忆至今，丝丝暖液体中侵。
但求千眼灵汤水，润热人间冷漠心。

雪（三）

飞花簌簌开，风送下瑶台。
魄润尘寰净，光浮瑞气来。
寒天知竹节，白雪吻梅腮。
共友寻幽境，吟诗惬意哉！

棋

楚河汉界两相争，烽火狼烟骇浪生。
进卒才知无退路，出兵方晓少归程。
人生冷暖胸中垒，世态炎凉脚下迎。
唯有淡然常快乐，不为胜败笑喧声。

二　民风诗鉴

当选基层人大代表有感

本是芸芸一草根，且欣余力致乾坤。
平生岂独凌霜操，到处还推雨露恩。

听两会报告有感

雪里逢梅岁华更，晴窗喜鹊唱新声。
此心只为人民热，一卷书香可证明。

人大之家

东风巧借遍天涯，水北山南即是家。
莫道轻微难立世，露茵叠翠助春华。

人大代表二首

一

赤帜高张故事多，街坊邻里在心窝。
英雄总在身边见，越是平凡越可歌。

二

中枢又复问良谋，凤集京都汇一楼。
策出千言新雨露，化成幸福润心头。

参加甘南州十七届一次人代会

年年飞雪送征鸿，万里河山一望中。
为好地方齐擘画，吹新号角助春风。

参加甘南州十七届二次人代会

只为心中有画图，总随鞭策作先驱。
芳华七秩春晖暖，手种清荫又一株。

代表建议

云暖南山盛会开，殷勤话语满襟怀。
善谋更有愚公志，落实更需济世才。

人代会分团讨论有感

帷幄运筹挥笔忙，琅琅高议绕华堂。
身微未必言辞涩，汩汩溪流汇大江。

农民热议人代会

日朗天高正菊黄，庭前柳下纳阴凉。
都知国事关吾事，聚拢村邻话短长。

贺人民代表大会成立七十周年（组诗）

一

七秩芳华逢锦秋，无边景色笔中收。
菊擎露盏豪情寄，麦酒新香快意酬。

二

忆昔峥嵘岁月稠，山河风物复春秋。
千年旧制成书史，一面新旌耀眼眸。

三

红英筑梦满青枝，露浥清香尽入诗。
何故今年花早发，只缘家国启新时。

四

七十华年擎赤帜，万千双脚踏长途。
登临绝顶抬望眼，纵览山河锦绣图。

五

回首沧桑七十年，旌旗如火染红天。
而今走上康庄路，茱菊浮杯祝梦圆。

州十七届人代会

一月羚城众望归，巨篇金字闪光辉。
神州迈进新时代，启梦征程展翅飞。

洮州诗词楹联学会总结会有感

滔滔吟海筑兰台，逐浪飞舟聚俊才。
已把诗苗根入土，待得硕果满箩来。

临潭县诗词之乡挂牌

六年风雨催新曲，百卷云烟润彩笺。
薪火相传终有寄，征途迢递未停肩。

诗词之乡挂牌

莲峰耸拔为文笔，冶海泓澄当墨池。
织锦裁霞情未已，扬骚更待赋新诗。

甘南州诗词楹联学会成立有感

胸中丘壑势正豪，溪水犹能化碧涛。
自古吟坛多隽秀，今由我辈写风骚。

甘南州诗词楹联学会成立一周年

一

一载耕耘硕果丰，高标才韵泛蓬蓬。
诗田欣喜谁勤快，尽把情怀寓此中。

二

千山雨水汇河流，诗海扬帆时一秋。
幸得良师宣妙法，吟成明月两三愁。

洮州诗词协会成立有感

广聚贤才汇玉堂，洮州一域沐荣光。
诗心融入春风里，词绽奇葩放异香。

百年党赞

南湖奋桨启红船，时至而今已百年。
劲舞锤镰谋远路，再创伟业铸伟篇。

祝贺建党节

风起南湖巨浪惊，井冈山顶炮火鸣。
抗倭击寇逞英勇，龙跃凤飞华夏平。

贺二十大召开

雁阵喧喧碧宇晴，山菊冉冉醉林莺。
曙光万里拨云雾，画里江山分外明。

艳秋喜迎二十大

绚丽丰秋果坠枝，乡心映日赋同诗。
满川麦菽翻金浪，鹊语情牵入菊篱。

参加诗词学会交流活动

清清洮水泛兰舟，结聚英贤互唱酬。
细研韵章浓笔彩，新词频撰展风流。

贺诗词学会第二届代表会召开

古韵常吟尤自先，初心不改向人前。
余生可赖浮名账，不赖诗心一段缘。

贺诗词学会成立五周年

心生玉蝶梅邀月，笔画芳林枝上鹊。
大吕黄钟一味淳，珠玑磊磊满卷落。

洮州诗词学会五周年有感

五载诗台寄吟身，未教浓墨染轻尘。
耕耘更见争勤奋，才教枝头总是春。

贺洮州诗词学会成立

广集英贤结赋缘，洮州才俊效唐前。
诗芽一树扶摇起，词韵飘香满碧天。

三 物华诗颂

野　桃

岭上夭桃手自栽，繁花树树映青苔。
馨香不受缁尘染，依约清风月下来。

沙　棘

秋采枝头金粒香，山泉泡制窖中藏。
瑶浆清味招嘉客，共捻清词赞故乡。

酸　菜

翠茎绿叶媚春光，岁月无情瓮里藏，
一掬乡愁腌入骨，其中滋味亦亲尝。

卤　肉

肥瘦相配细心挑，缓火新烹香气飘。
色酱呈红临绮宴，适口味鲜做佳肴。

舟曲秋柿

一树嫣红照眼明，霜拂露浥色晶莹。
殷勤酿却甜如蜜，直到秋深才动情。

醪　糟

精挑田里穗头粮，泉水加温配秘方。
瓮面浮醅乡土味，迎风扑鼻酒飘香。

冬至饺子

鸡蛋虾仁韭菜掺，葱姜酱蒜味香鲜，
擀平岁月悲和乐，包进人生苦与甜。

苦苦菜

不慕虚名本性真，扎根沃野绿如茵。
至今百姓设筵席，仍当凉调迎贵宾。

苜蓿菜

堆盘为菜邀乡客，满碗充粮济国民。
嫩籽柔枝当马料，老秆枯叶作炉薪。

纯天然花椒

秋入山乡爽气生，轻霜点亮小红灯。
招来览胜观光客，念起脱贫致富经。

青稞酒

解酵坛开满院香，醪风袅袅过高墙。
窗前嗅馥花仙子，染巷醺街醉玉舫。

洮州风味面片

一

磨粉新粮透清香，深山泉水做羹汤。
大锅烧水真情煮，一碗家常意味长。

二

和揉擀压几翻腾，煮卤调羹倍合情。
平素食餐成特色，麦田碧浪向民生。

野蘑菇

风过菊丛香遍山，野菇浥露亮娇颜。
不和霜叶争流彩，甘做乡村致富源。

梅

独秀琼枝挂素绒，冰心玉貌显玲珑。
遗香酿韵冰霜外，铮骨凌寒傲朔风。

竹

虚怀有节绿千川，咬定青山意志坚。
不羡牡丹开富贵，纤纤一笔写蓝天。

松

何惧霜刀向昊穹，古姿雄劲笑临风。
稠枝不与春争艳，誓守千年一梦中。

莲

披霞挹翠浅塘栽，菡萏新羞带露开。
不问花香飘远处，仍将禅意对诗台。

菊

庭前墨菊吐芬芳，媲美牡丹飘淡香。
花瓣盛衰还有语，雍容秀丽映秋阳。

荷

湖光爱碧莲，云影入池眠。
蝴蝶迷香蕊，蜻蜓吻玉璇。
卓婷擎伞盖，溢韵笑花仙。
纯洁千年赞，高风万古传。

鹿角菜

淡处深山年复年，形如鹿角四时鲜。
有情采撷归家去，焯水凉拌入绮筵。

咏蒲公英

陌上坡头吐嫩芽，阳光雨露沐英华。
谁知药典录其性，疗饥去疴益万家。

洋芋花

玉露凝花满眼新，清风拂叶碧摇尘。
根深泥土心犹净，妆淡香清意且真。

洋 芋

不论荒郊与僻乡，日融风醉自芬芳。
虽无绝色悦人目，却抵农家一半粮。

黄 瓜

青藤翠叶衬黄花，果鲜皮粗夹刺麻。
凉拌佐餐清火气，天然时馔万家夸。

蜂　蜜

一

含珠滴露好新鲜，琼液浓香采自田。
致富奔驰春色里，振兴路上唱新篇。

二

清风潺潺百花香，衔蕊攀枝采撷忙。
酿得天然醇美味，满眸希望入诗行。

桃　花

细雨微风荡柳丝，小桥流水正当时。
为卿不负三生愿，许你桃花十里枝。

当 归

一

英姿飒爽虎头昂，玉体金衣透暗香。
田亩增收占魁首，健身驱病万民扬。

二

扎根沃土虎头昂，身裹褐衣透暗香。
百亩田畴收获晚，脱贫致富盛名扬。

秋　叶

风吹落叶婆娑舞，把盏三杯对月歌。
远望繁华归去处，飞红片片逐秋服。

马莲花

娇英绽绿丛，似蝶舞春风。
高洁流清韵，馨香墨里融。

野树莓

春深娇蕊已盈枝，果熟初秋韵入诗。
粒粒晶莹羞涩貌，高悬满树惹相思。

咏兰二首

一

冷艳幽香独自芳，娇姿倩影舞霓裳。

诗轩画府吟新调，淡墨浓颜著锦章。

二

贞烈郁郁帝王香，袅袅漪漪带叶长。

一片幽怀千古意，与君为伍自轩昂。

小 麦

走进田间也动情，齐腰小麦列相迎。
清风借我三分力，挥手号令百万兵。

野 花

霖雨熏风润翠华，馨香馥郁漫天涯。
生来只是傲时物，不管陶家或谢家。

咏梨花

素英含秀雪为妆，玉蕊冰心吐淡香。
点墨成诗书一卷，芳菲浅笑几回肠。

题红豆草

一

千载相思明月证，妖娆浓郁墨痕诠。

花期何叹苍茫里，不遇知音空自怜。

二

堪比重阳大色枫，倩姿含露守初衷。

心藏情蓄谁知晓，只待春来一吻红。

三

纷呈仪态浑无媚，解尽风情独一柔。

取啜方知个中味，枚枚似识旧时愁。

四

叶残花褪露巢房，闲剥枯蓬独自尝。
始觉相思若红豆，芯中最是苦深藏。

冬　麦

时值冬来天已凉，回看近垄翠苗香。
不同桃李争娇媚，笑对西风战冷霜。

杏子熟了

满树金黄解暑炎，汁甜肉脆沁心尖。
情知世味杏同味，一半辛酸一半甜。

杏 花

抛子北山中，雨霖渐郁葱。
春来黄蕊秀，初绽素枝容。
香入千家去，馨清万壑空。
踏青别样韵，岁岁醉还同。

四 景韵诗行

冬日新城小聚

翠荫漫闲暇，冬阳浮绿茶。
知音三五聚，诗酒伴年华。

夏日与友游当周沟

松阴岭上乍摇风，露染花枝夕照红。
结友登高无限乐，水云诗话落山中。

羚城逢友

窗间远岫千重意，天上闲云一片情。
书卷茶香融百虑，吟成客里仄平声。

冬日游米拉日巴佛阁

修竹千竿荫画栏，朝阳初上塔楼寒。
翠萦禅室烦襟尽，万象俱来一笔端。

美仁草原

山长地阔翠凝烟，日醉风酣百卉妍。
羊似星星铺沃野，霞逐鸟雀入云天。

楹联之乡

油菜花开照眼时，一丛灿烂尽人知。
骚坛风景哪家好，还看楹联五丈旗。

过玛曲黄河大桥

两岸芦花绽暮秋，白云碧水共悠悠。
凭栏远眺天渐晚，新月一钩伴客愁。

禅定寺

清幽古刹久闻名，殿阙森森气自清。
闲步回廊尘拂去，静听禅语动风铃。

秋日洮砚桥所见

镜面平开浮鹭鸥，鱼儿摆尾结群游。
绕堤杨柳青丝软，也学钓翁抛玉钩。

参观烈士陵园

树荫参差隐翠微，石碑无语沐斜晖。
如今忆得当年事，满腹豪情伴鹭飞。

则岔石林

黄花夹径暗青苔，峰壑重叠鸟语来。
几点红白云树远，山深只为客人开。

后山坡看日出

微现朝曦彩画开，穿云跨海岭边来。
青山簇簇齐扬臂，欲把光明拥入怀。

王旗林家老宅

履痕斑驳记曾经，宅院深庭夺眼明。
多少辉煌成故事，只今空得万人评。

晨行遇友

小雨清风洗夜尘，朝行村野踏芳云。
溪桥之上逢知友，邀我堂前品细鳞。

冬夜宿山寺

夜半松风净院尘，窗前烛影照孤身。
抬头欲问天边月，何故高悬不近人？

牧民之家

山花淡淡伴清风，粲粲繁星缀夜空。
毡帐琴声明月上，老牛舐犊木栏中。

白石崖溶洞

古洞幽深不记年，翠崖苍壁锁云烟。
丹尼索瓦寻无迹，芳树山花仍郁然。

相聚桑科草原

莺鹊飞鸣漓水隅，如茵芳草柳千株。
志趣投契宾朋几，伴着涛声喝两壶。

早春冶力关小镇

绕堤垂柳碧千条，蝶恋花枝莺语娇。
况复人同春邂逅，风光十里到眉梢。

秋日登莲花山

石径通幽飞野雉，一方古刹入云端。
清风与我萦怀抱，秋叶同霞秀岫峦。

后山坡

云雾氤氲景色幽，远离嚣噪静中修。
生来自有豪情在，历经风雷不屈头。

庙沟村（一）

漫步湖堤赏晓霞，小桥流水闹农家。
瑶波潋滟金鳞跃，绿柳摇丝玉雀哗。

春日石门沟

一沟梨杏竞芬芳，万亩青苗绕小乡。
莫道身边无美景，桃花源里播耕忙。

朵山妃子坟

荒冢萋萋半是苔，漫山云雾拨难开。
可怜妃子归魂处，风雨潇潇任去来。

池沟村

琼楼林立霞辉映，幽谷新村紫气萦。
篱角牵牛香袅袅，几双蝴蝶舞轻轻。

庙沟村（二）

小桥流水绿篱笆，雅阁清幽蝶恋花。
远望曦霞笼别墅，近看——是农家。

黑崖顶

曾似老人岩上坐，等闲身共白云齐。
三峰九岭依依绿，风细花香人自迷。

王家坟村

春晖洒处柳丝青，翠竹还摇夜雨铃。
寻往鹧鸪声里住，乡村小调惹人听。

东沟村遇雪怀古

檐边琼雪映斜阳，穿骨霜风绕画梁。
回首几多心底事，徒增伤感忆情长。

金秋石门峡

群峰披上赤黄装，菊蕊凌风送暗香。
水荡涟漪齐拍岸，轻舟惊起鹭鸥翔。

井冈山八角楼（中华通韵）

霞满泥墙夜气清，枝悬灿灿两三星。
休言一盏灯花小，照遍神州万里程。

初夏长岭坡

草萋香细午风轻，白石清泉绕紫荆。
免教蝶蜂迷野陌，争由燕雀报花名。

临潭梯田

如螺似塔倚峰峦，地砌云梯入碧天。
布谷声催人早起，扶犁叱犊欲耕田。

山村（一）

秀水碧山无点尘，花香沃野草如茵。
小村初醒晨光里，几只闲莺不理人。

因迁居此种桑麻，鸟语声中绝世哗。
意欲山林效陶会，桃源今亦属官家。

登古雅山

古雅山高锁翠微，洮河悠漾醉光晖。
诗情画意增秋色，柳笛声柔红叶飞。

山

极目千峰化碧涛，一山还压一山高。
顿惊眼底无穷景，欲赋清诗乏寸毫。

水

飞珠溅玉下山巅，曲折萦纡绕百川。
流水悠悠如琴韵，波花朵朵馈天然。

林

连岫平林面貌新，叶繁枝秀倚白云。
鹅黄着力遮寒雨，墨绿倾情挡秽尘。

田

芳菲四月著霓裳，漠漠青田透馥香。
油菜花间蝴蝶舞，麦头授粉蜜蜂忙。

湖

千顷烟波满镜池，清风香软荡涟漪。
蓝天倒映闲云淡，鸥鹭回翔葭莩低。

草

天涯海角自更生，细叶娟娟向日荣。
历却春秋风雨事，恣情奔放吐繁英。

沙

绵亘金黄碧云嵌，蓬蒿飘逸在沙边。
风缠砾粒见奇绝，鬼斧神工出自然。

题冶力关虹桥

翩翩新雁向南飞，隐隐游鱼入翠微。
关虹桥下风瑟瑟，垂杨柳下意非非。

亲昵沟

踊跃岩巅怯倚栏，万花缱绻帽檐端。
松风萧瑟惊鸟飞，枝叶婆娑戏翠峦。

赤壁幽谷

风起岫岚云水间，丹崖峭壁陡难攀。
山鸡俏美蹓径上，松鼠机灵跃树间。

莲花山（一）

携云带霜近天涯，毓秀殊峰媲跃华。
北望峦丛腾万骏，南瞻雾海落千霞。

古战花海

万亩新苗初长成，芬芳满垄照眸明。
身居野陌无喧扰，满腹诗情对日倾。

庙花山新村（一）

四围云树唱黄莺，秋后乡间风日清。
恰好菊花舒笑靥，更添别韵与诗情。

冶木峡

高松翠柏雨苔新，芳草流泉无纤尘。
莺雀欲知山外事，数声啼唤问来人。

夏日后山坡

入眼山花笑相迎，麦田深处草虫鸣。
晨晖沐浴坡油绿，凑趣闲云绕岭行。

雨后山村

雨除野陌千峰翠，日暖空山百草香。
一片风光无限好，携锄村妇务农桑。

游冶海

碧水悠悠荡客船，白云舒卷浪头前。
游人竞在涛声里，宛入蓬莱做故仙。

石门二月

和风青草燕双飞，细柳晴波映翠微。
频听牧姑新曲唱，喜看耕父沐春晖。

寒露游慈云寺

寒露欣游清静界，慈云寺里渡心魔。
琼花落处方为净，人立禅林亦佛陀。

晨登东明山

闲踏云梯上顶峰，思崖挂殿雾岚浓。
凡身好似居仙界，几缕诗情顿入胸。

东明山

奇峰翠岭竞风流，鸟语花香石径幽。
墨客流连嫌纸短，难将美景尽接收。

雪后山村

暖暖树烟点暮鸦，残阳似醉岭边斜。
疑谁借得马良笔，遍向枝头描杏花。

洮州三月

燕舞莺歌柳眼黄，云清雾淡雨微凉。
嫩芽破土留春信，桃李舒颜过短墙。

晨登边墙

龙卧群峰西贯东，白云踏早乘清风。
满目稼穑藏真史，多少英雄瓦砾中。

明代边墙

万里蜒蜿霄汉边，巨龙飞越万峰巅。
城东门外歌谣起，瓦下墙头古诗连。

立秋游红崖公园

幽径参差绕荷池，群芳成片正宜时。
满园笑语随风荡，一幅丹青一首诗。

红崖紫云寺

历经沧桑庵舍在，几经烽火貌祥慈。
端庄菩萨微微笑，皆赞东方维纳斯。

夕湖晚照

恍若伊人妆镜台，白云绿树水中栽。
非因风动波澜起，自有温柔送客来。

山村（二）

金风飒飒换秋容，岭心霜叶分外红。
三两农家夕霭掩，几声宿鸟转林中。

营盘顶

举杯高唱菊花台，胸胆豪情向日开。
借得诗刀剪秋色，空山新雨韵中来。

乱石湾

乱石深云隐野泉，幽兰凝露似天仙。
莺戏山老八千岁，竟把花枝插鬓边。

大沟池

日暖风轻花气动，黄莺紫燕自成群。
一湾溪水愁净去，便卧空山牧白云。

李岗村

青瓦白墙乡味浓，纤纤杨柳自然风。
山环水抱烟霞丽，锄豆人归画卷中。

兔石山访友

梅花竹外两三株，瓦鼎松声涨苦茶。
最是一年清静日，空山点雪话红炉。

丁亥年秋赴新疆途中有感

风遣红枫促去程，满山秋月寄离情。
坐看窗外裁诗语，卧听轨轮吟赋声。

冬夜郎木寺

竹径茆堂月在窗，风吹庭叶送清凉。
良辰易共知音少，写帖烹茶意味长。

夏日河曲马场

独入深山醉忘归，杏花雨落湿沾衣。
野花濯露红无瘦，芳草迎风翠更肥。

九甸峡平湖

夕照平湖秋意浓，一行雁字掠长空。
半山翠色澄波里，两岸红芳倒影中。

牧场所见

松涛万壑拍篱墙，石径几双野雀狂。
恬淡山风情款款，时朝小院送花香。

陡沟顶

孤飞鸿雁入晴空，脚踏层阶揽九峰。
秀挺奇山青万仞，人来云上倚苍松。

晨登后山坡有感

一色青空万里遥，岭云翻雪自妖娆。
此身虽如草头露，却有清心鉴碧霄。

莲花山（二）

莲花九朵竞相开，怪石嶙峋长绿苔。
游客话儿音未绝，漫山故事伴风来。

新城卫城金殿

斜阳映照鞑王宫，石础斑斑鉴史功。
休说繁华成旧梦，今人犹记古雄风。

朵山玉笋

千年玉笋望游仙，意欲踏云翔九天。
脚力纵然难到处，也能昂首碧峰巅。

大河桥村

山中树木自清华，绿草如茵遍野花。
碧水潺湲桥下过，鸡鸣唤出老农家。

长川金谷丰种植基地

枝叶婆娑绿映红，金黄姹紫挂玲珑。
惠农产业乡村里，致富增收又一功。

庙花山新村（二）

粉墙黛瓦水为邻，花海青杨鸟作亲。
昔日茅庭今不在，高楼出入种田人。

暗门沟原始森林

峻峰高峡赫曦藏，树密林深涧水长。
鸟竞高枝花斗艳，草莓染得遍身香。

夏日过后山坡

营盘顶上雾灵飘，绿草红花处处娇。
欲借峰巅折桂树，额头险些碰云霄。

武当山

万莘盈盈相映红，崔巍殿宇玉坛空。
攀缘绝壁上金顶，俯瞰尘寰雾霭中。

小康村

小村风日清，乡路燕和鸣。
桃李呈珠满，梨花枝上盈。
街边排玉树，屋后露青草。
愿许康宁地，犹如五柳生。

风貌改造后的农村

小院浴朝阳，牵牛爬满墙。
浓荫遮大道，百姓住洋房。
苗稼一川绿，玫瑰十里香。
儿童嬉彩蝶，翁妪话麻桑。

石门峡

天高叶正黄，气爽已秋凉。
双鲤波中泛，孤鸿岭际翔。
盈盈枫耀眼，袅袅菊芬芳。
对景情倾处，飞觞意未央。

山村黄昏

落霞诗意融，村舍现朦胧。
紫燕撩香韵，黄鹂赏翠勇。
邻居唠旧事，翁媪乘凉风。
村妇翩然舞，逍遥与仙同。

莲花山（三）

东风驱雾霾，芳径踏青来。
莺啭垂杨里，蝶飞杏正开。
亭台连画舫，幽境胜蓬莱。
流水波光荡，春潮撞满怀。

五台山

秋日向西行，山门瞻梵旌。
南庵修女避，北寺老僧迎。
云绕千层翠，泉溅万点晶。
星稀无别事，静听水潺声。

月牙泉

长天笑月牙，衔盏品胡沙。
水上觅诗句，泉边弦曲遐。
回旋千万里，时见二三鸦。
边塞伤流景，黄尘蔽彩霞。

黑沟村

夏天乡间沐清风，鸟语禅吟四处同。

麦豆行行无际碧，野花朵朵满山红。

杏李果硕招人爱，油菜流芳引蝶疯。

袅袅炊烟鸡犬叫，石桥老树小村中。

五

鸿影诗怀

屈　原

独对寒江抚剑吟，尘寰何处有知音。
可怜浊世清醒客，一曲离骚唱到今。

怀念屈原

万户门檐悬艾英，凌波竹粽满含情。
丹心一片千秋爱，成就汨罗今古名。

诸葛亮

鼎足三分战未休，神机赚得血横流。
江山依旧换新主，丞相祠前伤武侯。

张俊立老师为学校作诗词讲课

一

皎皎素心恒如月，灵苗一寸自耕耘。

书山杖履何言苦，诗意人生卓不群。

二

不为传承能获奖，非因授课赏金银。

如斯善行真贤者，还有谁来献此身。

题才女菊慧

一

娉婷红袖赋情浓，自有兰花别样同。
细叶垂垂君子气，素华淡淡透玲珑。

二

莫讶玉颜无俗态，蕙兰风韵婕好才。
几分傲骨如篱菊，一颗芳心似雪梅。

高 僧

因缘少小着袈裟，法界从师俨释迦。
苔壁坐禅持戒律，超然解脱看烟霞。

赠爱人

结发依依十七秋，生涯坎坷并肩头。
你勤我俭持家乐，日暖风和逐上游。

赞高原绿色食品厂李长荣厂长

迎阳沐露康庄道，拔萃超群头雁功。

燕麦穗重凝血汗，酒熟新瓮毓英雄。

教　师

倾心滴汗为花香，解惑传知育栋梁。

三尺讲台寒和暑，一生绿叶簇间忙。

农　民

皱面迎风田垄间，镢锨磨亮茧层添。
春天洒下汗如雨，秋日收来万分甜。

建筑工（一）

朝迎曙色暮披星，风雨雪霜千里行。
一瓦一砖多少汗，棱层高阁傍云生。

环卫工

月落星沉晓色明，长街短巷未曾停。
手持椽笔行行写，地上诗篇字字馨。

清洁工

朝沐晨晖晚浴霞，手持箕帚作生涯。
不同黛玉遣惆怅，只为路人扫落花。

甘南海羚

四载劬劳惠庶民，蓝图绘就满眸新。
今朝工厂裁衣匠，昨日田头种地人。

女缝纫工

清淡人生无淡味，平凡岗位不凡身。
金针玉尺裁缝处，异彩纷呈在匠心。

致初恋

碧天似水月如钩，风露凄清独倚楼。
别后相思无尽处，只缘杏苑一回眸。

寄　友

雁书渺渺未归期，目断远空长叹息。
术士不知缩地功，愁煎幽谷芝兰色。

妇　联

常在农家聊细语，解开忧患世情牵。
春风化雨禾苗壮，难及妇联黎庶缘。

警　察

巾帼高标倍受钦，赓贞秉节引星沉。
铮铮铁骨青筠表，凛凛豪情翠柏吟。

母　亲

一瓣心香寄与亲，长思寸草沐三春。
少时不解萱堂苦，为母方知报母恩。

老　师

讲台三尺心何切，两鬓霜华志未衰。
粉墨含情桃李醉，芝兰凝露待花开。

女人花（一）

温柔贤惠令人夸，万态千娇破晓霞。
不爱胭脂红上靥，善良就是一枝花。

农妇（一）

理翠催芳沐雨风，裁春万紫与千红。
一锄一耙殷勤绘，美丽画图赖巧工。

建筑工（二）

暑天挥汗拌砂浆，寒夜挑灯架柱梁。
筑起高楼千百座，可怜无我半间房。

女企业家

敢向商潮谋富裕，岂安泉壑享清闲。
襟怀总在须眉上，胆识常来智慧间。

女诗人

常凭风月孤怀寄，巧借诗书雅韵传。
泉壑依身心自静，唐风宋雨写流年。

女人花（二）

时人莫道娥眉小，清丽遒豪半壁天。
舒卷余情惊墨客，千般逸趣落云笺。

题玉芳剪纸

一双素手地天开，两副楹联锦绣裁。
纸上育成隆世景，剪锋豪杰入眸来。

题李玉芳老师剪纸《水浒》人物册页

一

纤手轻抬玉剪扬，天罡地煞聚华堂。
画图传写心中蕴，美好时光落纸藏。

二

玉指纤纤金剪飞，千娇百媚顿生辉。
惊看刀起锋回处，绰约佳人笑靥归。

忆老师批改作业

孤影油灯何处觅，圈圈点点似师心。

满头霜雪情依旧，一纸批红忆到今。

赞老师授课

潜心授业舌耕忙，琢玉成璋论所长。

雏翼腾云须助力，甘当蜡烛启舟航。

农人（新韵）

面朝黄土背朝天，地角天边总难闲。
累月逐年纵辛苦，家园有乐也心甜。

林黛玉（一）

香埋净土前缘了，焚帕潇湘尘念空。
丽质天生心气傲，洁来洁去似荷同。

林黛玉（二）

兰心蕙质冠红楼，和泪葬花人自愁。
梦碎潇湘横笛咽，洁来洁去付荒丘。

薛宝钗

冰肌玉骨貌如画，犹有牡丹惊人眸。
独守凄凉终抱恨，良缘似水别红楼。

迎　春

柔弱为人性善良，不争荣辱软心肠。
愁身错嫁负心汉，魂断泉台终渺茫。

惜 春

婆罗遗落俗尘中，孤性难违造化功。
勘破世情归古佛，僧衣顿改旧时红。

巧 姐

生来显宦达官家，溺宠娇多着锦华。
富贵亲情终是幻，不如乡间事桑麻。

王熙凤

柳眉凤眼笑颜娇，八面玲珑谋计超。
算尽机关皆是累，终成荒陌野魂飘。

李 纨

品貌端庄处事优，竹篱草舍素心修。
疏枝梅老终无怨，唯有贞名不可休。

秦可卿

乃为仙子化来身，婉媚天容性格真。
一缕芳魂谁与寄，大观园里可怜人。

妙 玉

静庵素月青灯影，梅韵才华气如兰。
妍落春秋红粉梦，风摧花瓣自凄寒。

史湘云

胸襟豁达脱风埃，逸趣天真亦有才。
莫道娇憨真醉态，海棠滴泪正盈腮。

贾元春

德润鸾台名自扬，榴红如火映宫墙。
省亲纵使风光盛，怎奈三春景变凉。

贾探春

缘浅难成三世好，凝眸蕉下几重愁。
落花有意恩先断，逝水无情泪自流。

梁　祝

娥眉巧把靓容藏，书院偏逢重义郎。
只恨今生时不济，同为粉蝶九天翔。

遇溪流老师二首

一

喧嚣此世知音少，展卷挥毫遣苦忧。
平仄结缘逢墨里，诗词当酒醉心头。

二

苍茫网海天涯近，诚挚情恩海角邮。
隔屏纵然无可见，相知雅韵度春秋。

《桃花扇》之李香君

花扇题书古有名，诗词歌赋展豪情。
痴心等待桃花落，苦守相思月未明。

祭文姬

椽笔曾书悲愤诗，纤纤女子古今奇。
竹样才韵梅样骨，拍拍胡笳寄离思。

白发魔女之练霓裳

侠骨天生入剑光，纵横南北任疏狂。
生情离乱成遗恨，身去雪峰终渺茫。

民 工

晨起骑车忙碌碌，暮归邀酒慰辛苦。
寄家薪水犹嫌少，梦里常思枕畔人。

留守妇女

深巷日斜风渐凉，麦青田垄燕啼堂。
纵横云岭归人路，孤影依门泪孤藏。

留守老人（一）

儿女分飞各历程，空巢十载望长更。
白头未教家园废，弱体还为岁月耕。

农妇（二）

汗珠粒粒滚骄阳，举目难寻树阴凉。
采把青蒿遮皓首，今朝做个草头王。

送别沁峰老师返京

苍茫烟树隐沙鸥，云绽霞铺在岭头。
旷野清风香自落，山亭碧草客难留。

致沁峰老师

镂月裁云冬复春，葵心向日献丹忱。
花因浥露吟怀远，蝶为香馨倩影频。

留守老人（二）

十月当归味正香，奔波儿女在他乡。
老人留守闲不住，含笑躬身挖药忙。

贺诗友出集

一

山水逍遥传好高，行来已觉涤尘襟。
诗词瞻如天边月，曲赋清如溪上琴。

二

国粹传承如育禾，精培细溉用心呵。
落笔成弦弹古调，拈花作韵谱新词。

三

比兴兰台翰墨痴，耕耘五载绽瑰奇。
吟情化雨催花梦，诗海征帆展韵姿。

村姑卖菜

为争菜市第一等，园里鲜蔬带露收。
也把笑声装背篓，与人分享快活秋。

新时代农民

浓荫掩茅庐，花开放眼舒。
云浮情梦远，鸟啭野庭虚。
篱落敲音韵，田园舞铁锄。
邀朋谈孔孟，把盏读诗书。

寄 人

柳眼卷还舒，云容有若无。

香风频送句，蝶舞自成图。

赠我仙人药，报他明月珠。

光阴虽似箭，君意尚如初。

题爷爷退休有感

束鬓生涯共粉尘，终生职守育才人。

乔松叶老荫余地，桃李花骄香薄云。

归退未成东岭鸟，栖余常蒸北地鲲。

凌云壮志生花笔，总奇儿孙传世文。

六　节序诗思

新年小宴

竹影迷离弦月斜，凉风轻叩碧窗纱。
熏炉茗碗挑灯话，把酒当歌姊妹花。

元宵家人话别

过了元宵燕亦归，小窗梅竹正相宜。
明朝且共白云远，夜烧茶炉话别离。

节后分别

别离总怕天涯远，聚首又忧相见难。
前路夜倾千尺雪，徒增离客晓程寒。

写春联（一）

素手凝神裁红纸，一片欢心写妙联。
自有墨香生陋室，似留雅兴入新年。

新年（一）

一树梅花与雪融，数竿竹叶碧玲珑。
灯明联妙佳节至，人在春风和气中。

新年自制小灯

精工巧手造靓型，丹心一粒献光明。
书图写尽祥和意，玉轮圆圆喜气盈。

春 节

每至佳节思亦狂，纷飞愁绪问华章。
一联佳句迎吉运，玉雪浮香送瑞祥。

元宵二首

一

溪水悠悠春自回，春风濯濯独登台。
新年已喜元宵近，更看灯花璀璨开。

二

两挂虹桥横夜岸，一街火树傲星营。
广场热舞人欢聚，惹得嫦娥意难平。

忆儿时哈尒滩元宵放烟花

绚彩飞花亮夜天，流光错落万珠悬。

如雷鞭炮催春醒，明月清波醉意连。

清明（一）

一

低垂岸柳如牵恨，旷野鹃声断寸肠。
梦里仍浮当日景，诗成一首泪千行。

二

感慨当年泪沾襟，音容渺渺梦难寻。
春晖寸草无从报，唯把遗言铭在心。

二月二日

小窗闲看雪花飞，风软寒轻草色稀。
沃野虽无花郁郁，溪桥已有柳依依。

妇女节

又是人间三月中，山深春暖露华浓。
回眸桃李皆无色，惟见此花十里红。

端午节

青青杨柳挂千门，采艾熏香习俗存。
端午迎来多少忆，桩桩件件泪成痕。

七夕（一）

相思浩浩深如海，沧桑万变亦不枯。
若非一念凡心动，三界真情缺楷模。

重阳节

叶脱林梢舞晚晴，云浮天外去鸿鸣。
秋风不是无情客，一岭黄花照眼明。

重阳寄情

黄菊花繁伴酒香，时逢佳节又重阳。
山高水远隔千里，诗满红笺祝吉祥。

中秋（一）

闲坐试吹箫，隔帘菊蕊娇。

秋深诗墨画，日暖伴挥毫。

一片松烟冷，几行鸿影遥。

叶凋何必叹，露重桂香飘。

元旦观诗词朗诵

雅怀寄素琴，听奏最强音。

画卷凭君赋，风云任我吟。

荣光堪载酒，苦乐倍倾忱。

盛事当齐力，清词表寸心。

腊八节赏冶海冰图

玉雪繁飘远远来，且将图画镜池开。
山松有意留行客，把酒吟诗抚落梅。

端午节赛龙舟

彩仗旌旗逐浪开，锣声鼓韵浩然来。
忠魂自在风云上，百姓年年共缅怀。

清明（二）

又至清明拜祖坟，燃香点纸祭亲人。
黄泉路上真情寄，渺渺仙途望自珍。

端　午

银钩小月挂琼天，半影忧伤半影寒。
痛惜骚人投入水，端阳粽子惹心酸。

乞巧节

弯月如眉挂碧空，星河七夕古来同。
情愁爱恨离还聚，又会今宵鹊语中。

七夕（一）

隔河遥望痛声呼，七夕相逢泪满湖。
几欲乘风归浩淼，初心挽梦盼同途。

中秋（二）

树影婆娑夜色深，举杯何必问均匀。
一溪流水潺潺意，几许痴情邀月人。

小　年

锅碗瓢盆洗旧年，灯窗桌椅拭尘烟。
千般雪意酬年味，画田梅蕾欲吐妍。

新　春

一

楹联贴就万门红，美酒佳肴年味浓。

爆竹声声猴岁去，春风已入陇原中。

二

猴道高清别旧年，金鸡报晓清新篇。

烟花爆竹惊春梦，处处欢歌笑语传。

拔河比赛

力拔山兮气势宏，横眉紧锁挽长绳。
一声口哨穿云出，倒海排江声沸腾。

忆元宵节万人扯绳

手握长绳一字排，凝神提气到双腮。
忽闻哨响齐开步，十万罡风卷地来。

乡间元宵

绚彩飞花亮夜天，流光错落万珠悬。
如雷鞭炮催人醒，明月清波醉意连。

新年（二）

砚落踪花岁影移，挂笺临案忆当时。
泥炉醺酒吟杯浅，宜将新联换旧辞。

写春联（二）

行间锦绣祥云起，卷内珠玑喜气穿。
万里东风来笔底，三千美意醉心田。

除　夕

火海人潮沸夜空，银花火树照苍穹。
与君执手春宵醉，梦绕魂牵此刻中。

寒衣节

十月新来天渐寒，每逢初一倍黯然。
山中风雨亦多事，冥币万张当酒钱。

吟春十韵

一　东

杏花流水小桥东，粉染绣衣香染风。
闲步寻胜春好处，莺啼悠韵正相融。

二　冬

冰融雪化已辞冬，满目河山换旧容。
似此风光无限好，春来花蝶又重逢。

三　江

霏霏细雨叩轩窗，时有流莺开唱腔。
最足痴情池畔柳，凝目只待燕成双。

四 支

声声布谷催春信，阵阵清风拂柳枝。
野径寻幽芳草慢，疏林对句杏花迟。

五 微

清明三月看春晖，莺声悦耳伴柳飞。
欲问东风何来晚，画梁燕子几时归。

六 鱼

三月骄阳细柳梳，双飞紫燕转犹初。
无声微雨随风至，一径梨花隐野庐。

七 虞

满空雷雨蛰虫苏，花绽新芽三两株。
漫把生机载满夸，绘成春色万千图。

八　齐

细雨纷纷落满堤，牛耕夺下饮满溪。
问来农妇何所愿，一片青青庄稼齐。

九　佳

东风软软自东来，莺声庭树入雅苑。
春色织成多少梦，诗情画意满情怀。

十　灰

澹荡春光细剪裁，冰融雪化镜波开。
东君最是多情客，一路寻花问柳来。

立春（中华通韵）

一

开遍梅花送腊回，葱芽出土暖风吹。
持书斜倚南窗看，心与莺儿一起飞。

二

枝头小朵正含苞，间有鹅黄染柳梢。
识得旧檐双燕子，香泥衔取垒新巢。

雨　水

时令雨水计新畴，拂面东风倍轻柔。
白雪依然西岭外，春光已在柳枝头。

惊　蛰

一

惊雷震动蛰虫行，大地苏醒草木荣。
残雪消融滋沃土，一犁一耙总牵情。

二

残冰渐化鸟频鸣，细雨和风百草生。
有序时光惊蛰至，农人送料备春耕。

春 分

冬去春来二月天，莺歌燕舞柳翩跹。
风催桃李绽娇蕊，贪玩孩童放纸鸢。

立 夏

柳枝婀娜沐曦风，画笔难描墙角红。
墨淡愁浓怀旧事，一帘幽梦与谁同。

夏　至

暄风花杂满栏香，暮雨初收暑气凉。
独坐空庭茶一盏，竹风扶月上高墙。

小满二首

一

山青云白水朦胧，过隙光阴无始终。
蝶翅初回沾玉露，牛摇子铃伴熏风。

二

布谷声中夏日长，骄阳甘露顾村庄。
欣逢玉露润青杏，风拂禾苗透暗香。

立秋二首

一

旷野菊芬芳，田园丹桂香。

吟诗托鹄雁，虚度几秋凉。

二

酷暑渐消天转凉，落花黄叶满池塘。

风吹谷穗叠金浪，农户挥镰收割忙。

处 暑

时临处暑果飘香，碧野禾田照夕阳。
伏夏风情将消去，玉蝉声里渐清凉。

秋 分

石泉苔径野风凉，月上梢头卧晒场。
萤火也生星斗梦，蛙声难掩麦畴香。

霜　降

满地清霜沐冷风，白云轻绕碧瑶宫。
诗吟孤寂梧桐度，欲寄愁怀觅夜鸣。

立冬三首

一

冬来花落去，空守几树枝。
最爱呢喃鸟，回眸一树诗。

二

霜侵万物柳浮冰，岭上枫红更有情。
大美山河呈秀色，菊花吐艳笑盈盈。

三

才罢秋霜又西风，杨枝落尽柳枝空。
农人学做诗情客，采得寒山几片红。

立冬夜

呼呼风啸破长空，一夜嘶声震耳聋。
刺骨寒凉寻缝窜，方知这已是冬天。

冬至抒怀

蒙头云岭带霜风，枝间鸟雀啼晓空。
谁赋梅香魂一缕，万千滋味雪花融。

冬至登高

雾蹬霞阶石径弯，天高气爽好登攀。
景开眼里皆如画，风起身傍人似仙。

冬 至

朔风呼啸唤天凉，碎玉纷飞雪景长。
松柏才将青翠掩，冬梅梦里点红妆。

小雪二首

一

琼花缭乱绕烟村，又剪疏梅一缕魂。

次日霜风真入骨，满天清气在云根。

二

扑窗簌簌雪如沙，搅起闲愁乱似麻。

小鸟不知尘世苦，枝头犹唱自由花。

小雪夜梦吟

梅花树下喜逢君，红烛绿筋微觉醺。
最是风情人静夜，心生明月化乌云。

小　暑

杏子初黄雨若丝，年年入伏恰当时。
青山穷处尽浓绿，蛙闹池塘荷赋诗。

立 冬

西风瑟瑟烈而狂，琼蕊飘飘送吉祥。
秋隐冬来寒已重，枯枝衰叶几层霜。

元旦登高有感

清溪跃涧唤穹天，树影萧条弄管弦。
日照浮云疑似雪，青山未老跨新年。

腊八遇友

已是冬寒百卉残，冰封流水雪漫峦。
红炉醅酒邀君饮，对句吟梅笑语欢。

元旦感怀

指间流沙日月梭，时临新岁感怀多。
窗前梅树花香溢，鬓角风霜雪暗挪。

大　雪

仲冬河畔寒冰横，百里琼田无鸟声。
农舍檐前玉梭凝，梅花屋角暗香生。

大雪抒怀

已是寒冬送朔风，并无瑞雪漫苍穹。
轻尘肆意迷路长，细柳凝霜隐暮丛。
一缕愁情随夜至，三分难耐落心中。
临窗对月悲天事，玉液何时净碧空。

小寒祭

含泪村头焚纸香，小寒腊八祭高堂。
阴阳永隔千载恨，昼夜长思百载伤。
爽朗音容犹在耳，慈祥笑貌刻心房。
深恩似海何曾报，遗憾多多写文章。

七　田园诗味

咏春三首

一

冬梦渐消雪化开，一年旧事淡尘埃。
田园不待飞鸿远，绿草茵茵放眼来。

二

一夜新风万物荣，野郊随闻鹊鸣声。
田园百姓勤农事，车运家肥忙备耕。

三

点点鹅黄柳抽扬，如油丝雨任情长。
绕郭燕子呢喃语，无限风光入画香。

夏

翠微氤荫蝶翩翩，秀色叠加燕语传。
难觅丽词描此景，天成画卷注新篇。

秋二首

一

园中芳卉去犹留，篱菊飘香韵味稠。
游子登高归路远，吟诗赋曲咏金秋。

二

金风送爽暑气藏，墨菊争开丹桂香。
岁稔年丰形势定，邀朋把盏赋诗章。

冬

琼英晶莹破云来，许予冰心花树开。
有志胭脂风释意，银妆玉魄点香腮。

一月诗友聚会有感

一

西风鸣春梅绽香，新朋故友聚华堂。
敬盅畅语天将晚，执手分离送夕阳。

二

雅客贤师聚一堂，吟诗赋韵趣意扬。
相逢恨晚倾心语，意寄红笺诗百行。

三 月

柳梢叶嫩绿荫齐，陌岭空山莺雀啼。
又是一年春渐暮，梨花飘过小桥西。

四 月

拂面和风春日暖，杏花绽放燕翩跹。
趁晴野外寻青去，尽享人间四月天。

五月（一）

翠柳清溪燕雀飞，麦翻碧浪杏渐绯。
山村五月闲人少，踏露锄田披月归。

农村六月

碧水青山映彩霞，麦香阵阵透篱笆。
情歌幽雅传香径，鸟语轻音进我家。

七　月

拂曙朝霞天际起，风翻落叶如铺茵。
麦头云穗如珠满，喜煞田间稼事人。

八　月

如弓初月挂枝斜，寥落星星穿薄纱。
庭院幽幽竹影疏，抬头觉是井中蛙。

九　月

云倚高天月色朦，凭栏游目晚山风。
浮沉灯散常无家，谁在东篱一醉中？

十一月廿三

北风呼啸雪初晴，月落寒窗过五更。
夜话围炉谁点墨？世间何处有诗情。

锄禾晚归即景

攀峦拾径过溪泉，叠翠摇红别样天。
锄草晚归行野陌，一弯新月柳梢悬。

挖洋芋

秋风渐渐送微凉，晴中挥锄田里忙。
汗水湿衣应有报，归来肩挑一篓香。

秋　色

八月秋来丹桂香，趁晴收麦好时光。
儿童拾穗随天性，却逐蝴蝶满坡忙。

牙　痛

痛似锥心欲发狂，三更明月照苍凉。
孤灯寂寞人难寐，独坐窗前泪自滂。

有感（一）

偏爱深幽筑小巢，或耕或读听松涛。
一袭衫青能抱守，半窗云白可相邀。

农家乐

远在深山酒自香，农家院里灶台忙。
鸡声唤向舌尖上，鱼尾摇来筷子旁。

无题（一）

眼观轩冕似鸿毛，风雨前程漫自劳。
脱却罗袍田下去，青云何似白云高。

思　父

泪向深宵几度倾，一朝失怙怅浮生。
天涯万里影难觅，从此谁人唤乳名。

过 年

信知春节无年味，岁盏未干便远行。
举手刚言休挂念，转头又咐两三声。

初冬会友

室雅寒轻翠带长，浓情入碗特馨香。
朔风窗外催飞雪，难抵心头沐暖阳。

暮秋乡居

杨柳萧疏门巷斜，篱边寒菊自开花。
深庭昼静无余事，半卷闲书一盏茶。

暮秋晓梦

携筇小步入秋山，高木孤云竟日闲。
半卷清风扶菊柳，一行北雁过乡关。

老屋燕还巢

柳丝轻软杏开花，碧瓦朱楼映晚霞。
孤影凭栏翘首望，旧巢归燕已还家。

三月雨

纤柳轻风紫燕飞，洮州三月雨微微。
小桥流水烟堤远，执伞红妆款款归。

雪天乡居

叶落林疏风怒号，檐前飞雪正潇潇。
柴门半掩无人到，静憩吟怀转寂寥。

初秋雨霁

雨洗长空独倚栏，冥鸿点点越关山。
清风款款无人会，时与白云相对闲。

无题（二）

信手拈来几字通，摇头晃脑尽虚荣。
文章不是真心写，莫笑人言假大空。

乡　村

乡村意韵始生多，月映镰刀正砥磨。
明日田畴香溢处，一株稻菽一支歌。

村 夜

场院风微月色凉，丰收麦豆送清凉。
青山添色大增寿，共话荆钗说短长。

雪 村

柴扉篱角抵风寒，一树梅开为哪般。
雪舞苍穹应有意，妖娆村野画中看。

难 寐

夜幕寒风扰案台，诗心涌动溢香来。
铺笺欲写东坡引，雅梦今宵别样开。

春 晓

丽日和风独出行，林间小径鸟声鸣。
心头抛下繁沉事，柳韵桃香惹雅情。

打工吟

汗水涔涔面带泥，有风最怕眼睛迷。
人生五味皆尝遍，辛苦何曾嘴上提。

蝶恋花

清香一缕上瑶台，多少泪思难解开。
娇蕊若怜知我意，何劳彩蝶上天来。

春　风

昼夜阴阳对半生，冰融雪化涧泉鸣。
烟村沃野闻莺语，百卉千花处处情。

惜春（中华通韵）

细雨轻风气象新，清溪碧树悦尘心。
春华吐蕊需及早，奋迅光阴定要勤。

题图（一）

细雨清风二月天，路旁杨柳绿丝烟。
衔泥自向朱楼去，忘却旧巢依草檐。

田　园

门外葫芦一架花，围篱挂满是丝瓜。
树旁野老摇蒲扇，壶内山泉煮细茶。

春夜无眠

铺笺挥笔玉镜台，疏枝横月影徘徊。
青灯残典幽闺梦，一纸春心吟赋来。

有感（二）

风瑟琼花漫野林，寄书孤雁暮云沉。
休言客路多寒意，清茗书香暖此心。

小院煮茶

新移丝竹影横斜，阶下幽兰茁翠芽。
二月乡风过小院，松根生火试春茶。

无题（三）

细雨无心听燕呢，斜阳有梦任云猜。
昨宵明月倾疏影，又把丹青画杏台。

秋　夜

月色朦胧夜渐长，烛摇孤影倍凄凉。
多情喜有风摇菊，落下枝头玉露香。

夜　梦

梦魂昨夜到山乡，田里寻诗字带香。
篱下邻鸡声喔喔，残晖照壁冷侵床。

乡村夏夜

夜半风凉月色明，临窗作赋望山城。
飞萤几点浮溪上，流水轻弹天籁声。

侄子结婚

终是两情双手牵，始知俗世有奇缘。
相逢必定前生约，风雨同舟许百年。

暮　春

莺飞陌野柳垂帘，碧水清波雅韵添。
春雨因和花有约，唤来彩蝶把香抬。

悲秋（中华通韵）

瑟瑟西风吹雁断，霜繁露重木叶寒。
此情不语何人会？落寞三更对影言。

黄 昏

红叶烂漫山乡好，野径萦迂入小村。
处处鸟啼高树里，小桥流水映黄昏。

夜 坐

几多往事忆无凭，唯向诗笺理纵横。
风动叶声零乱乱，孤灯照壁冷清清。

观落花有感

深巷飞花惹客愁，不闻春短任风揉。
山前流水知何去，几许痴心情难收。

为友理发

十年人事如流沙，半入青丝半鬓华。
剪个当年时兴款，可叹容貌已非他。

无题（四）

逍遥处世离嚣尘，乐以豪情赋锦新。
自古英才守雅操，诗书笔墨喜为邻。

今夜无眠

辗转无眠午夜深，倚窗坐看晓星沉。
一怀寥寞烦风语，几处依稀闻鸟言。

打扫卫生

一

一帘旭蕴染新图，几点疏星迷晓晨。
鹊绕高枝啾唧语，频频报谢早行人。

二

晓色沉沉映俯身，长挥笤帚扫埃尘。
微微汗滴浑无怨，换得村容总是新。

题友人婚纪

花落花开自有缘，风风雨雨廿余年，
浮生莫叹容颜改，一寸深心仍与传。

题油菜花田绘制的"山水石门"

春耕沃壤几千亩，蜂采野田枝上香。
借得峰巅令试墨，凭栏望处尽文章。

所 见

雷声驱雨震荒原，唤得娇莺伴柳喧。
河畔才看芳草色，农家忙把沃田翻。

乡居雨夜

半夜雷鸣雨未停，窗前把酒伴温馨。
满枝梨蕊开清丽，一缕诗心到小庭。

乡　趣

野荠新鲜山蕨肥，携儿采撷趁芳菲。
林梢双燕娇嗔我，未满荆篮不许归。

感　时

百业萧条疬疫行，人间雾瘴几时清。
谋生路阻千城闭，徒剩夏时花木荣。

暮 秋

夜静风凉月色柔，苇花初放野塘幽。
虫鸣诉说农家乐，不负光阴不负秋。

初 夏

久住乡间看鸟喧，烹茶煎石翠微间。
花开花落东流水，笑向闲云似我闲。

题图（二）

换盏推杯未觉亲，漫谈无兴怎提神。
焉能同道相谋也？满座寡言怜一人。

题图（三）

石头布剪随手来，尽让输赢掌中开，
莫道环环凭一举，此时心意最难猜。

别友二首

一

此去千山路万重，轻风送暖入怀中。
今朝共赏高原景，一处情怀四海同。

二

夕柳啼莺入画图，白云飞去碧山孤。
从今若是长为别，当向清风醉一壶。

读岳飞《满江红》有感

冲霄浩气不为奴，激励千年民族途。
每读遗词无限恨，不平满腹漾心湖。

秋　收

天高气爽麦畴香，篱雨黄花倚夕阳。
喜看农人磨镰利，一年辛劳待半仓。

中秋登高

拾径登高赏素菊，逸情把盏醉丹秋。
喜看山菊迎风绽，千顷金田霜里收。

暮秋吟

樽酒当歌松下眠，云溪独卧见真禅。
逸情安放幽怀里，满袖清风馈自然。

宅 居

无边冷霭入双眸，空有关情只倚楼。
一架书橱尘拭去，闲教几日梦庄周。

白衣天使

无情病毒霎时临，欲把新年恣意侵。
幸有杏林仙圣手，带风携雨送春音。

鼠年春节

鼠年春节不寻常，新岁神州抗疫忙。
封闭能防病毒虐，蜗居更为护民康。

宅家有寄

为避瘟魔家中宅，急观圈内疫情飞。
硝烟散尽还需待，信得春来绿意归。

初 春

村中寂寂少人流，终日昏昏心似秋，
春草已然偷放绿，何时喜鹊叫枝头。

甲子十月

民封门户家参战，官守街区毒断行。
征战病魔无小事，一枝一叶总关情。

众志成城

疾病侵袭原旧事，瘟尘依伴雪花飞。
家园佑护人人责，莫道芸芸一介微。

乡村微信群防控

冬来疫病涌涛生，微信排查分秒更。
户户心牵驱疫事，人人奉献一份情。

赞村头值守人

为防病毒染乡城，百户村民当卫兵。
冒雪临寒严把守，暖心送炭献真情。

观甘南医生驰援省城有感

云飘疫病势狰狞，勇士飞车迎雪行。
救死场中抛血汗，扶伤路上展旌旗。

敬基层工作者

冒寒昼夜勤巡守，村口街头政策宣。
虽是金城肩未并，战壕处处有前沿。

五月（二）

莺歌洗绮霞，溪绕竹篱笆。
懒向名园挤，乡间看杏花。

独　酌

眸隐星辰泪，樽融琥珀光。
琼浆摇素影，怀旧复悲凉。

闲　吟

兴尽归来晚，逶迤山路长。
农家不留客，座上有高堂。

夏日山村

暮霭伴和风，犬迎归牧童。
村塘花数朵，碧叶间新红。

家

竹阴摇小园，燕语入方轩。
风沐天伦乐，雨滋花蕾繁。
欢情焉障目，净水应思源。
最是与邻睦，融融共日暄。

暮秋感怀

云烟载雁行，四野倍凄凉。

残月疑身瘦，疏星觉梦长。

波清怜影独，木落问谁伤。

菊老枯蓬散，才知鬓染霜。

初冬宅家闲吟

寒流入万村，户户紧关门。

荧幕观音讯，赋诗送暖温。

行程千里远，遥守一腔魂。

只待疾除日，金城共举樽。

夏日送友

依依酌别溪亭上，习习熏风拂面凉。
新雨绿摇蕉叶嫩，夕阳红绽藕花香。
衡阳五岭连天远，洮水千秋入海长。
问友相逢曾有日，低头客思转茫茫。

退耕还林种果树

百亩园林万绿欣，流莺吟唱物话新。
北山坳里金桃笑，南岭坡前赏雪银。
风润山川茄木秀，情牵昔日植苗人。
扶贫生态双赢利，一叶一花关庶民。

246

年终总结

天寒不锁暗香妍，咏赋吟诗又一年。

有限人生无限景，沉迷稚韵自陶然。

天寒春色暗香妍，冷夜吟怀又一年。

画意诗情无限景，痴迷岁月胜陶然。

附

高山流水作诗铭

诗评：一弯新月柳梢悬

——简论洮州林彩菊的格律诗创作

知　否

　　甘肃东南部的洮州大地虽然是个穷乡僻壤，但人穷而志不穷，民国时期就有地方官员、闾里秀才躬耕诗苑，就连当时在西固（舟曲）任教员的闫雄移居这里后，得到县衙的厚遇，也适土而长，创作留世了不少诗文佳作。如今，这方天地的诗词界在陇上崭露头角，诗词爱好者遍及城里乡间。近日，笔者仔细阅读了这里的青年农民女诗人林彩菊的一些格律诗作，一股清新的田园气息洋溢在字里行间，如品篱院时蔬、乡姑清酿，十分爽心快意，不禁写下了如下的阅读笔记。

一

　　首先，是咏物类的一些绝句。如《梯子》：

院中随处抛，孤寂靠墙牢。
莫道嶙峋骨，却帮人步高。

"随处""孤寂""抛"等词，道出了农家院落最常见的梯子的情形；第三句为按下一笔，见其凄楚，"骨"字可谓形神兼备；第四句既是提示其价值，诗人的感慨也自然含在其中。"抛""牢"两动词尤其用得很有神采。第一句是大写，第二句、第三句是特写，都是写其可怜之状；第四句陡然扬起，跌宕起伏，让人沉思。让人沉思，就有言外之意，就有味道了。这一首已接近拟人化的励志诗了。再如《咏雪》：

风姿绰约下瑶台，巧裁梨花遍地开。
冷巷幽幽人迹少，梅香淡淡过墙来。

第一句从高空往下看，第二句横向左右看，有视角的变化。绰约，可谓以神写形；梨花一句巧化唐边塞诗人岑参的"忽如一夜春风来，千树万树梨花开"诗句，如果与前后的诗句相联系，此处有漫天白雪皑皑之意，更有雪白高洁之意。第三句之"冷""幽""少"也属按下一笔，第四句从嗅觉来写，真正是荡开一笔，有无理之妙，梅香矣，雪香矣，梅香似为雪香之骨魂也。此诗堪为清幽、冲淡、素洁。

第二，写乡人之类的。如《农妇》：

汗珠粒粒滚骄阳，举目难寻树阴凉。
采把青蒿遮皓首，今朝做个草头王。

这一首，第一句是个倒装句，写的是炎炎的夏季时令，第二、三两句描写的是农妇的动作；第四句堪称幽默诙谐，是含着微笑的苦楚，读来最有嚼头。一个炎阳下劳作妇女束草为笠的幽默画面栩栩如生。再如《留守妇女》：

深巷日斜风渐凉，麦青田垄燕啼堂。

纵横云岭归人路，孤影依门泪孤藏。

　　这一首，直击当下农村留守妇女的真实情状，犹如杜甫的现实主义的真情观照，有浓郁的乡土气息。三、四两句给人以深刻印象，凄凉悲情让人感同身受。还有一首相近的《留守老人》："儿女分飞各历程，空巢十载望长更。白头未教家园废，弱体还为岁月耕。"第三、四句，是互文句法，对仗工整，事中寓情。一个夜间不禁思儿、白日孤身劳作的空巢老人形象跃然立于纸上。

　　第三，写农村新事物类的。如《打扫卫生》中的两首：

一

一帘旭蕴染新图，几点疏星迷晓晨。

鹊绕高枝啾唧语，频频报谢早行人。

二

晓色沉沉映俯身，长挥笤帚扫埃尘。

微微汗滴浑无怨，换得村容总是新。

　　这类景象，是古时候所没有的，当为新时代新现象，最显作者的观察、提炼和表达能力。第一首的第一句比喻贴切，想象得很有文气；第三句有了鸟儿的音响，也表现了乡村清丽的早晨。整个诗句以景写人，人自现于景，行文洗练、明净、空灵。第二首，一、二句写时辰与行为，第三句"微微汗滴"者，句意上有转折，写其以苦为乐，第四句虽是直接抒情，但是从古人的诗句中幻化出来，也很雅致。这一首比前一首在场景上稍实在一些，但景象感更为明晰，将一个个清晨执帚清扫大道的志愿者形象及其内心塑造得很传神。如《过年》：

> 信知春节无年味，岁盏未干便远行。
> 举手刚言休挂念，转头又咐两三声。

这一首，大概写农村小两口春节分别的场景，但是，有情感转折，别有滋味。"岁盏"一词堪为甚佳的诗家语。一年之春，岁岁如此，大人们或许已麻木，更多考虑的还是往后柴米油盐的日子怎么过。后两句，写分手上路时那种欲别又不忍、分手知念深的感情，通过场景写情感，还原了恩爱夫妻的真实心态，简洁而生动。再如《棋》：

> 楚河汉界两相争，烽火狼烟骇浪生。
> 进卒才知无退路，出兵方晓少归程。
> 人生冷暖胸中垒，世态炎凉脚下迎。
> 唯有淡然常快乐，不为胜败笑喧声。

这首诗，写人们习见的弈局场景，但意境有开拓。第二句"烽火狼烟骇浪生"，形象地写出了棋盘上的激烈景象；三、四句写开场时行而又悔的情势，五、六句写中晚局时的情形，第七句写观棋如观人生之路的感慨。第八句放在尾句初看调子有些低了、轻了，从事理上应在首句之位，也或没有宕开，或没有扬起，但与开头两句比照琢磨后，该句在尾句比在首句出现，曲笔中别有一种阅读趣味，给人以轻松之感：棋盘上的激烈无非是一场轻松游戏而已，顿悟人生，也不妨如观棋，放开、达观、超然处之。笔者认为，此首略感遗憾的是，"进卒"与"出兵"两句稍有合掌之嫌，视角应有所错开为好。

第四，写景象民俗类的。

庙花山新村

粉墙黛瓦水为邻，花海青杨鸟作亲。

昔日茅庭今不在，高楼出入种田人。

大河桥村

山中树木自清华，绿草如茵遍野花。

碧水潺涓桥下过，鸡鸣唤出老农家。

第一首，前两句描写了山村田园景致，是具象的景象，其中的一"水"一"鸟"使句子有了动感。第三句视角往回走了一下，是叙事之语，可谓有转折。第四句的"出入"是口头语言，使整个诗句略有了诙谐的意味，有了生活的烟火气，不是纯文人的咬文嚼字之作了。第二首，前一、二句是写意的画面，是朦胧渲染宏阔场景的写法，写的是静态的自然田园。第三、四句有了清晰的音响，一个是聚焦到了村落典型的小桥流水一角，一个是写闾里小巷的门口，两句都是写村落动态的一面，诗画前后一静、一动。这两首，像一幅幅洮州山村风景的水彩画作，清丽、明亮，悦人眼眸。

风貌改造后的农村

小院浴朝阳，牵牛爬满墙。

浓荫遮大道，百姓住洋房。

苗稼一川绿，玫瑰十里香。

儿童嬉彩蝶，翁妪话麻桑。

池沟村

琼楼林立霞辉映，幽谷新村紫气萦。

篱角牵牛香袅袅，几双蝴蝶舞轻轻。

黑沟村

夏天乡间沐清风，鸟语蝉吟四处同。

麦豆行行无际碧，野花朵朵满山红。

杏李果硕招人爱，油菜流芳引蝶疯。

袅袅炊烟鸡犬叫，石桥老树小村中。

以上几首，在林彩菊的田园诗作中也具有典型性。《风貌改造后的农村》一首，若从绘画的场景构图来看，一、二句写景，一大一小，有变化；三、四句写街坊，算中景了；五、六句写田园，是更大的景象了，是大写意的手法，视角算是有了更大的变化；第七、八句转为写人物，又是特写的手法。前后的画面有静也有动，结尾两句的形象最为逼真有趣。《池沟村》一首，前二句是远观的大写的景致，似用粗笔几画渲染而成；三、四两句是细腻的特写镜头，"香袅袅""舞轻轻"，用叠字词写出了轻盈之感，句式有变化，强化了语言表达的丰富性。《黑沟村》一首，首二句，一句触觉、一句听觉，有变化；三、四句是宏大的镜头景象；五、六句又是小的特写镜头；这六句写田园；第七、八句写村落中的"鸡犬，石桥、老树"，有声音，有景物，活脱脱一个山村小景图画。还有一首，《锄禾晚归即景》："攀峦拾径过溪泉，叠翠摇红别样天。锄草晚归行野陌，一弯新月柳梢悬。"时间上似有从较明亮到昏暗的变化，尤其最后两句甚有意境，以境造情，遥望孤月，让人触景生情。

第五，写感时伤怀类的诗作。如《暮秋感怀》：

云烟载雁行，四野倍凄凉。

残月疑身瘦，疏星觉梦长。

波清怜影独，木落问谁伤。

菊老枯蓬散，才知鬓染霜。

这首诗，中间四句视觉从望天到观大地上的景物，予景赋情，悲绪层层递进，很好地写出了暮秋时凄凉的心情。中间四句对仗极工，五、六句之颈联造句极佳；特别是最后两句，触物而思己，情绪不渲而自出。

二

仔细品读林彩菊的这些诗作，给人突出的印象和联想有三点。第一，有浓郁真切的乡土质感。她的视野关注的是当下真正的农村生活的场景，而且是具有新时代特色的农村风物，诗中有画，如水彩风景画，如乡间风俗图，清雅娟秀。她是在用自己的诗作在为家乡的风物、乡亲画像。时下，有的业余诗歌爱好者，不去捕捉当下的真正生活现象，而是过来一个"烟村人家"，过去一个"水云人家"，貌似是写农村，实际书写的是古代画家笔下的农村，是把古诗人的意象拿来为我所用，把孟浩然、李清照、王维的意境换成了自己的句子而已，典雅则典雅矣，却没有当今的烟火气。而这里，林彩菊是用自己的观察、自己的感受，用自己的语言在表达。第二，有朴素明净的语言格调。看看古代杰出诗人李白、杜甫、王维、孟浩然等人的诗作，时隔千余年阅读都依然清晰明朗，不佶屈聱牙。而我们当今一些所谓业余诗人，一作文就要掉他的书袋，故意用一些偏典生词，不是真正想传达什么，而主要是意在让读者知道他有多么深的学问。笔者深为认同当代诗人杨逸明的观点：诗词的最高境界是"意深词浅"。这个观点与袁牧《随园诗话》中之语话异意近："'诗用意要精深，下语要平淡。'……求其精深，是一半工夫；求其平淡，又是一半工夫。非精深不能超超独先，非平淡不能人人领解。"再之，如果真有深刻的思想，用平淡的话语表达出来，才是真功夫；如果是平常的思考，用一些修辞手法，说得有趣味一些，也不失为一种韵味。林彩菊或许没有读过多少之乎者也，这却使她少了一些所谓知识分子的酸儒之气，她用我语写我思，用语素朴倒也清纯可爱；更可贵的是，她知道诗句应用物象、意象来表达自己的感受，语言也呈现出清新、明净、温婉的风格。感觉她在构思时有明确的形式感和画面感，每每之作都让读者心中生出是绘画、是摄影的明晰图画，视角远近错落，笔触精细交织，使得句式起伏有致。第三，有关注现实的创作精神。有不少业余诗人，过来一个李清照、林黛玉，过去一个庄子、苏轼，再不就是泰山、南海什么的，好像这些都是他的家人，是他的兄弟，是他的生活中的一部分似的，而对身边的快递娃、环卫人、建筑工、卖菜女、父母亲等的辛苦场面却熟视无睹，不去感受，不去书写，一天天于小圈子里在这儿亮相获取点赞，在那儿为获奖在搜肠刮肚、寻字觅词地造句，这样的创作对社会真正有多少价值？这里，我极为赞同唐朝诗人白居易的观点："文章合为时而著，歌诗合为事而作。"对于读书人而言，它意味着对时代的一种关注，对现实社会的一种关切，对改造社会、促进社会进步的一种责任和使命。而林彩菊立足所生活的土地，关注同乡之劳作者和周围生活的真切变化，在为鲜活的时代生活画像留影，走的是一条惠及乡亲的踏实之路。她还当选州人大代表，可视为时代给她照上了一抹阳光，让人欣喜。

据悉，林彩菊作为一个农人，是村委会妇女工作的负责人，担任洮州诗词学会理事、副主编，既要劳作农事谋生，也在为大家长年累月地辛苦编辑公众号，收集、校对、制作、编发稿件，经常要跋涉五十多公里来城里参加诗词学会的活动，其奉献精神真正值得点赞。

甘肃省诗词学会的副会长王传明见过林彩菊及其诗作后，曾赠其一诗："山村饶雅趣，未必在遐方。林樾千重美，篱花五彩香。秋高收画意，春暖播诗行。咏絮多英杰，况生偏远乡！"这可谓表达了笔者及众多诗友对她的由衷感慨和敬意。

　　作者简介：知否，本名张斌，甘肃省作家协会、文艺评论家协会会员，出版刊印有《城里乡间》《江城街事》《戏剧人生》《楹联读写十讲》等散文、小说、戏剧、文学理论等著作。目前在甘南州政协理论研究室工作。

诗 酬

赞临潭县农民女诗人林彩菊

王传明

山村饶雅趣，未必在遐方。

林樾千重美，篱花五彩香。

秋高收画意，春暖播诗行。

咏絮多英杰，况生偏远乡！

题林彩菊七言绝句《迎春十韵》

张俊立

青山相对水迢迢，风送莺啼分外娇。

云白花红松岭翠，携锄人过大河桥。

赠微友梦在天涯

张俊立

梦在天涯珠在怀，行藏未便说时乖。

应题彩笔春风句，未必年华土里埋。

赠林彩菊女士

赵菊慧

一

林木染朝霞，露凝焕彩发。

秋清菊韵远，香入几人家。

二

偶做草头王，时为田妇忙。

诗吟烟火气，才比婕好长。

三

耕耘稼穑度生涯，半亩诗书半亩花。

斜照常归陶令后，东篱欲饮彩菊家。

读知否《简论洮州林彩菊的格律诗创作》有感

何忠平

青稞刈罢沐斜阳，夜煮诗词带土香。

笑煞寻章摘句手，未参佛只说家常。

和何忠平先生《读知否〈简论洮州林彩菊的格律诗创作〉有感》

廖海洋

垄亩躬耕织锦章，秋菊焕彩散清香。

吾心欲写凭吾手，便有生活诗意长。

和何忠平先生《读知否〈简论洮州林彩菊的格律诗创作〉有感》

张俊立

诗情未许尽退方，守望田庐四季忙。

泥土灯前随汗落，农家儿女写山乡。

和何忠平老师《读知否〈简论洮州林彩菊的格律诗创作〉有感》

丁海龙

夜来昼去弄诗章，拂晓田头瘦影长。

不舍锲而金石镂，乾坤处处溢芳香。

和何忠平老师《读知否〈简论洮州林彩菊的格律诗创作〉有感》(新韵)

来　毅

戴月披星沐旭阳，田园毓秀蕴书香。

巾帼锻就拿云手，慧眼方得认素常。

和何忠平老师《读知否〈简论洮州林彩菊的格律诗创作〉有感》

李湖平

身住深山僻壤乡，风篱露径度时光。

躬耕写作兼相顾，诗卷犹飘泥土香。

读知否《简论洮州林彩菊的格律诗创作》有感

李国祥

农耕酷雨伴炎阳，只盼丰收饭菜香。

再显奇才高雅手，文坛弄墨不寻常。

读知否《简论洮州林彩菊的格律诗创作》有感

李　锐

耕田伴读一肩扛，勤俭持家百事忙。

使罢锄头才换笔，吟来句句带泥香。

读知否《简论洮州林彩菊的格律诗创作》有感
石文才

春耕夏耨沐青阳，菊蕊兰心溢郁香。

汗水敲来纯朴句，情融泥土韵悠长。

读知否《简论洮州林彩菊的格律诗创作》有感
王林平

衷情雅韵草头王，信手禾麻拌墨香。

带露诗文存地气，素心耕读是贤良。

读知否《简论洮州林彩菊的格律诗创作》有感
唐佐智

垄亩躬耕泥土香，栉风沐雨育芬芳。

心中自有惊人句，梦在天涯诗韵长。

赞农民女诗人林彩菊女士
薛 华

林下菊香迷石岭，勤于农事暗幽芳。

写怀田舍话桑妇，彩笔间书巾帼忙。

读彩菊格律诗有感
徐 红

躬耕垄亩唱金典，妙语横生彩菊篇。

村寨新风多咏颂，骈枝俪叶摘欣然。

后　记

　　终于，这四百多首诗的编选结集可以告一段落了，此刻坐在熟悉的窗前，提笔写下这篇后记。窗外的风轻轻拂过，带着泥土的芬芳和麦浪的轻吟，仿佛是大自然在为我鼓掌，为我庆祝这一刻的成就。

　　身为农民，我深深扎根于这片土地。我的生活虽平凡却充满韵味，每天与庄稼为伴，与四季更迭共舞。我见证了田野的每一片绿意，感受了雨水的每一次滋润，也品尝了收获的每一份喜悦。这些生活的片段、自然的景色以及内心的情感，都深深触动着我，让我有了将它们化作诗句的冲动。

　　然而，用古体诗的形式表达这些情感，对我而言并非易事。古体诗的创作需要深厚的文化底蕴和对韵律的精准把握，这对我来说是一项巨大的挑战。我时常感到自己的才疏学浅，无法将心中的情感完美地呈现出来。但我并没有放弃，而是选择了坚持和努力。我不断地阅读、学习，尝试在平实的字句中捕捉生活的韵律，抒发内心的情感。

　　在这个过程中，我得到了许多人的支持和鼓励。我的家人始终是我最坚实的后盾，他们从不嫌弃我的笨拙，反而鼓励我大胆尝试，勇敢表达。我的朋友们也给予了我很多宝贵的意见和建议，他们的建议让我受益匪浅，让我在创作的道路上少走了许多弯路。首先，我要深深感谢中国作家协会的无私帮扶和鼎力支持。正是有了你们的关心与帮助，我们才能在文学的道路上更加坚定地走下去。同时，我也要感谢所有阅读我诗歌的读者们，是你们的喜爱和支持让我更加坚定地走在诗歌创作的道路上。

回首创作过程，我深感自己的成长与变化。每一首诗都是我对生活的感悟，对自然的赞美，对梦想的追求。它们或许并不华丽，但它们真实、质朴，如同我脚下这片厚重的土地，充满了生机与希望。在诗歌的世界里，我找到了自己的声音，也找到了与这个世界对话的方式。

这本诗集的完成，不仅仅是我个人的一次创作尝试，更是我对生活、对自然、对梦想的一次深情告白。我希望通过我的诗歌，能够让更多的人感受到生活的美好与自然的魅力。

未来的日子里，我仍将继续用诗歌记录生活，抒发情感。我相信，只要心中有爱，有对生活的热情，我的诗歌之路就会一直延续下去。我也期待在未来的创作中，能够不断突破自己，写出更多更好的作品，与更多的读者分享我的喜悦与感悟。

愿我的诗歌能够像田野间的风一样，轻轻拂过家乡的山头、河流和远方，给我和与我一样的人以一丝清凉与慰藉。也愿每一个阅读我诗歌的人，与我一同在这片广阔的天地里，争渡、争渡，向着梦想的方向前行。

最后，对我的创作一直给予关心支持的中国作家协会、县文联、县洮州楹联诗词学会及中国作家协会挂职临潭副县长张磊、县文联敏奇才等老师，还有洮州楹联诗词学会的同仁，一并致以感谢。

林彩菊

2024 年 6 月

图书在版编目（CIP）数据

争渡，争渡 / 林彩菊著. -- 北京：作家出版社，
2025. 7. -- ISBN 978-7-5212-3516-6

Ⅰ. I227

中国国家版本馆CIP数据核字第2025HH6245号

争渡，争渡

作　　者：林彩菊
责任编辑：秦　悦
装帧设计：薛　怡
出版发行：作家出版社有限公司
社　　址：北京农展馆南里10号　　　邮　　编：100125
电话传真：86-10-65067186（发行中心及邮购部）
　　　　　86-10-65004079（总编室）
E-mail:zuojia@zuojia.net.cn
http://www.zuojiachubanshe.com
印　　刷：河北尚唐印刷包装有限公司
成品尺寸：152×230
字　　数：169千
印　　张：18.25
版　　次：2025年7月第1版
印　　次：2025年7月第1次印刷
ISBN　978-7-5212-3516-6
定　　价：78.00元